LA
COMÈTE DE 1858.

POÈME

PAR FRANÇOIS BOISSIÈRE.

Prix : 50 centimes.

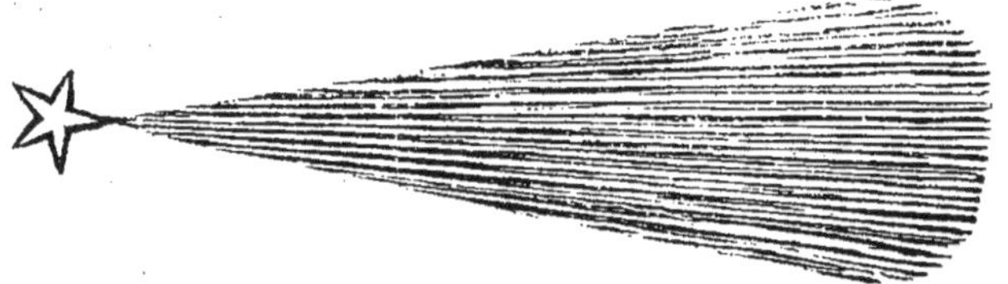

SE VEND:

Chez tous les Libraires et dans toutes les Gares des Chemins de Fer.

1858.

LA COMÈTE DE 1858.

NIMES, — TYP. SOUSTELLE, BOULEVART SAINT-ANTOINE, 9.

LA
COMÈTE DE 1858.

POÈME

PAR FRANÇOIS BOISSIÈRE.

Prix : 50 centimes,

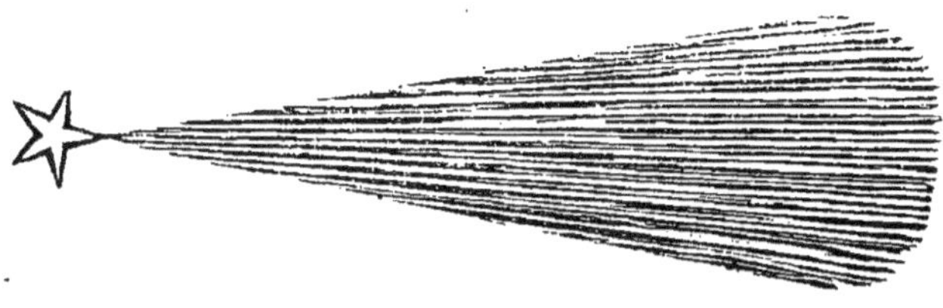

SE VEND :

Chez tous les Libraires et dans toutes les Gares des Chemins de Fer.

1858.

LA COMÈTE DE 1858.

On dirait que le Ciel se brouille avec la Terre ,
Qu'il veut lancer sur nous la foudre et le tonnerre !
La Comète en courroux s'approche de ces lieux ,
Nous montre en sa fureur son disque lumineux.
Le puissant Créateur, ce savant Architecte
Qui maîtrise le temps, domine toute secte,
Nous montre clairement son pouvoir inégal
Qui peut être propice, ou bien être fatal.
Dieu par sa volonté peut submerger l'espace.
L'homme rempli d'orgueil ne veut demander grâce ; ·
Hélas ! Quelle folie a fait naître l'erreur ?
Qui méconnaît son Dieu n'a pas le vrai bonheur.
Pourquoi donc les humains entr'eux se font la guerre ?
Adoucissons les maux, soulageons la misère ;
Nous sommes tous créés à l'image de Dieu ,
Avons les mèmes droits à la terre et aux Cieux.
Il n'existe pourtant entre nous que discorde;
Nous en sommes tous là quand la mort nous aborde.
Devant Dieu, cependant, comment nous disculper?
Il est temps, croyez-moi, il faut s'en occuper.

Pour un sujet si grand telle est la négligence ,

Qu'on ajoute toujours offense sur offense.

Soyons plus clairvoyants, aimons-nous en chrétiens ,

Étant civilisés, ne soyons pas païens.

Cessons de discuter, mettons-nous vite à l'œuvre,

Changeons à l'avenir toute cette manœuvre :

Il faut être content de la place où l'on est,

Ne pas maudire Dieu , car cela compromet.

A quoi nous serviront l'or, l'argent , les intrigues ?

Ne soyons pas non plus avares, ni prodigues.

Le guerrier expirant par un boulet atteint,

S'il n'a servi son Dieu, pourrait-il être saint ?

Le juge et le client, l'avocat et le garde,

Le riche en son palais , le pauvre en sa mansarde,

Selon leurs actions seront récompensés.

Que ferons-nous des biens à tous prix amassés ?

Aux dépens de l'honneur, un infâme parjure

Nie à son bienfaiteur un prêt sans signature.

Chacun voudrait, ici, posséder un trésor.

Connaissons avant tout la source de cet or.

J'appelle un insensé, qui rumine sans cesse

D'être un jour enrichi , pour être à la noblesse ,

Et pour des titres vains prenant le bien d'autrui,

Qu'il ne saurait garder que quelques jours vers lui.

Je reviens au sujet qui m'oblige à écrire ;

La Comète est trop loin pour bien vous la décrire.

Sans aucun instrument d'optique en mon pouvoir,
Je ne puis mesurer ma force et mon savoir.
Chacun prend son élan vers la belle Comète;
Nous voudrions avoir tous une bonne lunette
Pour avoir, chaque soir, un instant de plaisir,
Et le matin encor se priver de dormir.
On la voit le matin de couleur différente;
Elle est pendant le jour tout-à-fait inconstante;
C'est alors, qu'autre part, ceux qui sont dans la nuit,
La voient à leur tour, comme nous éblouis.
Elle fait en un jour douze cent mille lieues;
A plus de dix millions on évalue sa queue.
C'est au périhélie, en septembre dernier,
Le trente, elle y passa, se fournit de brasier;
Avec cet aliment, s'en vint sur notre Terre,
Nous montrer son éclat, sa vitesse et son ère.
Mille lieues au noyau forment son diamètre,
Malgré notre désir elle va disparaître.
Hier, neuf octobre, au soir, par une belle nuit,
A vingt millions de lieues elle nous éblouit.
Et depuis, chaque jour, s'éloignant de la Terre,
Elle paraît bien moins, si terrible et si fière;
Bientôt on ne pourra la voir avec l'œil nu,
Et en bien peu de jours elle aura disparu.
Soit que cet astre-là vienne nous menacer,
Ou qu'il veuille, plutôt, mieux nous favoriser,

Il n'en est pas moins vrai qu'en cela la Nature
Prouve à son Créateur une puissance sûre.
Là-dessus, je le sais, plus d'un commentateur
Ont donné, l'an dernier, des chagrins au lecteur.
Dans son tourbillon d'air, tout comme une planète,
Les étoiles aux Cieux font place à la Comète,
Et dans l'immensité son chemin est tracé,
Ne pouvant dépasser le lieu de périgé.
Chacun fait là-dessus plus d'une conjecture,
Et se voit impuissant à traiter sa nature.
Et comment pourrait-on se rendre un compte exact
D'une si longue queue avec autant d'éclat?
Pas plus savant que vous, je me borne à vous dire
Qu'à la fin du discours je veux vous faire rire.
Cet astre pourrait bien, percé par le milieu,
Des rayons du Soleil former sa longue queue;
Il pourrait bien aussi, formé de transparence,
Au reflet du Soleil devoir sa queue immense.
Hier, neuf octobre au soir, à l'entrée de la nuit,
Sur la belle Comète on faisait un tel bruit,
Que l'astronome actif, l'œil vif à sa lunette,
Surpris par la frayeur, se crut pris en vedette;
Il quitta brusquement son observation,
Et laissant échapper la belle occasion
Pour nous informer tous sur le beau météore,
Que depuis bien longtemps on n'avait vu éclore.

Aussi, par ce seul fait, je suis au dépourvu

Pour vous bien racconter ce qui n'est pas connu.

Je laisse à l'astronome un si savant ouvrage ;

En cela je veux bien lui rendre mon hommage.

Il n'est que les humains rebelles à la loi,

Infidèles à Dieu aussi bien qu'à leur roi,

Se décriant entr'eux par des discours parjures.

Jacques à son voisin ne dit que des injures.

Apprenons, mes amis, apprenons à connaître

Ce que le bon sens dit, ce que nous devons être.

Que ne dirait-on pas si les aveugles-nés,

Pouvant les faire voir, mais toujours obstinés,

Refusant fermement l'admirable lumière,

A leurs yeux recouverts de leur fixe paupière.

Autant qu'eux insensés, nous sommes assez fous

Pour laisser de côté les devoirs entre nous.

Un père à son enfant refuse d'être juste,

Et réciproquement l'enfant devient injuste.

Pierre qui veut tromper son voisin Richardon,

D'une faute moins grave il demande pardon.

C'est ainsi que Ganis en sortant de l'église,

Venant de prier Dieu va faire une sottise.

S'appuyant qu'on l'a vu près l'autel à genoux,

Trompe, vole et trahit dans l'espoir d'être absous.

Pendant un certain temps on peut tromper les hommes ;

Comme le père Adam on peut manger les pommes ;

Mais, comment tromper Dieu, qui entend et voit tout?

Ah! cela vous surprend? Il se trouve partout!

Sa présence en tout lieu est un précieux gage.

C'est à nous d'en tirer profit et avantage;

Que nous faudra-t-il donc pour nous rendre meilleurs,

Pour nous faire abjurer de si grandes erreurs?

Faut-il du Paradis nous retracer l'image,

Les douceurs de ce lieu, nôtre bel héritage?

Pourront-elles en nous rallumer notre ardeur?

Invoquons pour cela la bonté du Seigneur.

Nul ne pourra sans lui posséder de sa grâce

Les ineffables dons, la vertu efficace,

Et ce n'est que par Dieu que nous pourrons avoir

Les solides vertus qui forment notre espoir.

Grand Dieu! dans ta bonté toujours inépuisable,

Jette sur les mortels un regard favorable,

Fais profiter pour nous ce baume précieux;

Que de ton divin Fils le sang si généreux,

Versé pour les humains, pour réparer leur crime,

Profitable pour tous nous évite l'abîme!

Sublime Créateur, ton pouvoir tout puissant,

Dans l'espace a placé tous les astres brillants.

L'homme que tu créas pour habiter la Terre,

Son passage, ici-bas, est rempli de misère;

Mais s'il s'adresse à toi; soumis, obéissant,

Si par la charité il aide le souffrant,

S'il consent d'abjurer sa passion sordide,

Tu veux bien lui servir de Sauveur et de Guide.

Oui, répond le Seigneur miséricordieux,

Aimez-vous entre vous et vous serez heureux.

Cessez d'ambitionner le bien qui n'est pas vôtre,

Et vous, riches heureux, aidez un peu aux autres.

Si tout ce prêche-là tombe dans le désert,

A quoi bon de penser à vous faire des vers ?

Mais non, tous mes lecteurs je les entends me dire :

Instruisez-nous toujours, continuez d'écrire.

Vous me pardonnerez ce peu de vanité

De prétendre ainsi plaire à la société ?

En cela vous avez toute ma confiance.

Ce que je dis ici ne peut être une offense.

Reportons nos regards vers le beau firmament,

Chacun a son étoile en ce séjour charmant.

Tâchons de découvrir notre belle planète,

Et pour mieux arriver prenons une lunette ;

En caractères gros nous y verrons écrit : .

Faites toujours le bien, au mal soyez proscrit.

Bon, nous voilà d'accord ; il faut changer de vie,

Et mettre de côté toute notre folie.

Jean, Pierre et Benjamin commenceraient soudain ;

Pour un grave motif différons à demain.

Bernard et Guillaumet, dans leur guerre éternelle,

Le pistolet en main vont vider leur querelle.

L'un et l'autre prétend être trop offensé,

Et ne peut pardonner qu'après avoir blessé.

Amis, soyons prudents : au fond d'une bouteille

Nous trouverons plutôt, dans la liqueur vermeille,

En trinquant tour-à-tour, le moyen d'être amis,

Et par le même fait cesser d'être ennemis.

Nouvellement atteint de folie à écrire,

Vous me pardonnerez d'avoir choisi le pire.

Si dans mes faibles vers vous trouvez des défauts,

Votre indulgence à tous ne fera pas défaut.

C'est là le vrai moyen d'aider jeune poète;

Votre encouragement fécondera ma tête.

La Terre où nous vivons plus ou moins aisément,

Où nous nous agitons tumultueusement,

Mérite cependant que l'on parle un peu d'elle;

Elle fournit à tout et reprend tout vers elle.

Son égoïsme est grand, reconnaissons son droit,

Car sur un débiteur le créancier a droit.

Dans un bois bien touffu d'une fraîche verdure,

En oût voyons briller l'éclat de la nature;

Près d'un ruisseau charmant par sa limpidité,

L'homme appréciateur reconnaît la beauté.

Cette année on boira le vin de la Comète

Qui nous fera chanter plus d'une chansonnette.

Dieu nous permet à tous un peu d'amusement,

Pour le servir après beaucoup plus ardemment.

A tous il est permis de parler et de rire,

Tant qu'il ne s'agit pas de nuire et de médire,

Organisant souvent de gracieux concerts,

Pour éloigner de nous les soucis, les revers,

Unissons tous nos voix aux doux sons de la flûte,

Le violon déjà invite Saquebute.

L'orchestre est au complet, les voix sont triomphantes;

Ce bruit nous rend l'écho des voûtes résonnantes,

Ces chants harmonieux, dans ce charmant séjour,

De joie et de plaisir font retentir le bourg.

Les terribles rumeurs qu'ici-bas l'on agite,

Chacun à son devoir sagement les évite.

Tâchons donc désormais, par le bon sens guidés,

D'obtenir par nos soins un plus ample succès,

Parcourons noblement notre courte carrière,

Sachons tous supporter une peine légère;

Passons rapidement sur les fautes d'autrui,

Si nous voulons que Dieu nous attire vers lui.

Nous possèderons tous une source de grâce,

Qui vaudra beaucoup mieux que notre folle audace.

Me bornant à chanter sur l'usage et les mœurs,

J'invoque d'Appollon le secours des neuf Sœurs.

Un oncle à son neveu donne son héritage;

L'impatient neveu, encore un peu volage,

Voudrait l'accompagner à son lieu de repos,

Pour dissiper son bien il se trouve dispos;

Revenant du convoi couvert du deuil funèbre,
Cherche à vite oublier d'inutiles ténèbres.
Il descend sur-le-champ visiter le caveau
Que le pauvre défunt lui laisse pour cadeau.
Voulant tout déguster, il se grise sur l'heure,
Chante un *dies iræ* dans la sombre demeure.
Un père vertueux marie son enfant,
Vide son coffre-fort, lui donne son argent ;
Mais le bien-fond qui reste à la maison du père,
Le fils voudrait l'avoir pour mieux se satisfaire ;
Il faut trouver moyen de le lui enlever
Par une pension à ne jamais payer.
Le pauvre père alors s'arme de patience,
Comment poursuivre un fils pour désobéissance,
Lui reste comme à Job les deux yeux pour pleurer,
Et sa tremblante main pour tendre à l'étranger.
La fille du voisin, jeune, belle et charmante,
L'œil vif et triomphant, vertueuse et riante,
Travaille avec ardeur sous le toit paternel,
Son caractère doux prête à son naturel.
Plus d'un adorateur déjà flattent le père ;
C'est à qui pourra mieux bien enjoler la mère,
Pour pénétrer enfin dans le sein du logis,
Si bien tromper le chat et croquer la souris.
Un cruel séducteur a vaincu père et mère ;
Sur la fille à grands traits exerce sa colère ;

Il commande, il ordonne, il faut lui obéir,
Pour l'honneur de l'enfant il faudra tout souffrir.
Mais ce fourbe rusé, triomphant dans son rôle,
Ne veut pas épouser la fille qu'il désole,
Il tâche d'épuiser en tout point la maison,
Et va porter ailleurs la désolation.
Vous dont la passion d'un vice si funeste,
Qu'à la famille fait plus de mal que la peste,
Uu jour à vos enfants ce sort est réservé ;
Ne maudiriez-vous pas un pareil réprouvé ?
Ne faisons au prochain que ce qui peut lui plaire,
Et sur tous nos devoirs que notre esprit s'éclaire ;
Sur le sentier du bien cherchons notre bonheur.
Ailleurs on ne saurait trouver la paix du cœur.
Cet amour du prochain dont le prix est immense,
Réside dans nos cœurs sans force ni puissance.
L'ambition nous perd, on ne pense qu'à soi ;
Le pauvre est importun à la seconde fois.
S'il s'agit de plaisir, alors la bourse s'ouvre,
Le peu de charité en cela se découvre.
Après notre trépas, que reste-t-il de nous,
Si pour quelque bienfait on ne parle de nous?
Comment se présenter au rendez-vous céleste ?
En présence de Dieu, contre nous tout proteste.
Il faudra supporter du suprême Vengeur
L'arrêt déjà rendu dans sa juste fureur.

L'homme qui se nourrit de quelque bonne chose,

Dans un climat malsain résiste à toute cause ;

C'est ainsi que l'esprit, raffermi dans le bien ,

Trouve sa force en lui sans nul autre soutien.

Nous devons travailler de toute notre force ,

A détruire en nos cœurs une trompeuse amorce.

Sondons tranquillement les replis de nos cœurs,

Et de nos actions très-sévères censeurs,

Employons les moyens d'une bonne justice ,

Pour pratiquer le bien et condamner le vice.

Assez moraliser, je change mon sujet,

Pour vous entretenir je cherche quelque objet

Et sans savoir pourquoi, le motif m'embarrasse ,

Je pars, pour le trouver, je m'envais au Parnasse.

Allons, Muse, aide-moi, je promets au lecteur

Un Poème nouveau, pour égayer son cœur.

Jusqu'ici tout me fuit, et ma verve épuisée

Ne voudrait pas causer un sujet de risée.

FIN.